시집을
고마운 인연
햇살처럼 따스한 사람

님께 드립니다
____

송 미 숙

년   월   일

송미숙 시집

달빛 지는 새벽의 숨결

밤새워 흘러가는 희망의 달빛 아래
꿈 찾아 머문 자리 세월은 잘도 가니
굴곡진 희노애락은 마음안에 숨는다

도서출판 지식나무

2025.송미숙 시조시인 시조집
〈달빛 지는 새벽의 숨결〉 중심으로

문주환 교수

– 우리의 일상과 자연 속에서 얻어지는 삶의 궤적으로 –

"정형의 미학은 서술 가능한가?"라는 질문을 먼저 던지고 스스로 답하려는 모험적 의지를 강하게 드러내고 있는 송미숙 시인의 첫 시조집 『달빛 지는 새벽의 숨결』을 차분히 읽을 수 있어 참 좋았다.

시인은 우리 일상과 자연 속에서 하찮고 사소한 것일지라도 그냥 지나치지 않는 섬세함을 지니고 있다. 사람은 언제나 관념 속에서 스쳐 지나가거나 잊어버리기 쉽지만, 시인은 지나온 삶의 궤적을 따라가며 그리운 추억 속의 아픔과 고통, 슬픔과 사랑, 그 모든 감정을 애정 어린 사물들로 다시 바라보고 사유하게 하는 새로운 눈을 열어 준다.

'사물을 보는 시조의 눈'이라 할 만큼, 시인의 섬세한 감수성과 진솔한 삶의 태도는 뜨거운 가슴으로 체험적 진술을 담담히 그려내며 또 다른 내면의 세계를 보여준다. 그 여운은 늘 새롭고, 읽는 이의 가슴을 뭉클하게 적신다.

앞으로 더 좋은 시조 시인으로 거듭나 큰 성취를 이루기를 빈다.

목차

2장. 감정이 머무는 저녁
사람과 사람 사이, 마음 깊이 흔들리는 감정의 자리

4장. 바람을 품은 시간의 벽을 지나며

흐르는 시간, 그 위에 쌓인 삶의 조각들

계절의 숨결에 따라

바람이 머문 자리에 피어난 풍경과 자연의 기억들

계절은 말을 하지 않아도 마음을 건드린다.
오월의 감꽃 냄새와 가을의 단풍빛은
잊고 지낸 감정을 문득 깨우곤 한다.
한 줄기 바람, 한 장의
수채화 같은 하늘 아래
내 마음도 그렇게 조용히 계절을 따라 물들어간다

오월

오월은 연둣빛을 두르고 문을 열어
사랑은 실바람에 실려서 향기 날려
실타래 풀린 듯하여 꽃으로서 덮었네

장미는 어여쁘니 여왕의 계절 속에
내 마음 실바람에 실려서 피어나니
희망의 실타래 풀어 꿈을 찾아 나서네

감꽃

찬란한 햇빛 아래 추억은 솟아올라
휘파람 리듬 따라 바람에 실려 오면
고향 집 울타리 안에 감꽃 향이 번져와

수줍음 머금은 채 꽃반지 만들고서
열 손에 끼워두고 한 알씩 따먹었던
어릴 적 고향길 따라 추억하니 즐거워

덕유산의 봄

산허리 능선 따라 봄내음 따라가니
춘풍은 바람꽃을 피우며 달아나고
메아리 부메랑 되어 덕유산을 맴돈다

봄 아씨 대문 앞에 고개를 들이밀고
골짜기 폭포 소리 얼굴을 휘두르니
봄 냄새 물고 달려와 앞마당에 눕는다

꽃샘추위

하루가 여삼추라 시간이 멈춰 있네
세상은 검어지고 구들장 준비하는
날씨는 시어미 마음 냉랭하고 매섭다

새벽길 이방인은 정적을 깨우는지
내 곁을 떠나가던 추위는 서성이고
초록 물 멍울진 가슴 쓰라리게 남는다

봄나들이

봄 햇살 풍경 속에 수채화 그려 놓고
풍월을 읊조리며 그리움 찾아 나선
상춘객 날이 갈수록 그림자만 커 가요

계절은 부르지도 않은데 찾아들고
초록 물 짙어지는 봄날은 아름다워
꽃들은 줄을 서면서 향기 풀어 부른다

눈 내리는 날

흰 가루 바람 타고 하늘 꽃 예쁘구나
순백에 요정들은 춤추며 흔들흔들
땅 위에 꽃을 피우니 좌정하고 웃는다

눈꽃은 바람 따라 대지에 내려앉아
흰 이불 깔아놓고 그림을 그리다가
해님이 고개를 드니 마법처럼 퍼지네

목련꽃 이야기

백옥이 펼쳐지는 목련은 침묵인데
세상을 거머쥐고 피어나 머무르고
바람은 숨을 죽이며 향기 찾아 스미네

봄 처녀 치맛자락 향기로 물이 들어
바람에 스쳐 가는 꽃망울 젖어가고
목련화 고운 자태를 자랑하며 서 있네

노루귀꽃

춘설(春雪)에 서릿발은 가슴을 적셔주어
춘풍(春風)은 쪽문 열고 옷깃을 세우더니
춘양(春陽)속 노루귀꽃은 솜털 세워 쫑긋해

하늘에 구름 따라 마음도 흘러가니
춘산(春山)의 새싹들은 리듬을 타며 놀고
한줄기 꿈을 찾아서 양지쪽을 찾는다

라일락 향기

달빛을 물들이는 라일락 향기 취해
봄날에 꽃이 피면 나비가 날아들고
옷고름 매듭 풀리듯 사랑마저 타올라

청순한 처녀 가슴 태우고 떠나가듯
설레는 마음 따라 살며시 꽃피우고
마음에 꽃향기 피워 숨기듯이 품는다

연보라 꽃

연보라 꽃망울에 마음을 담아보고
망울진 춤사위가 그리움 안겨주어
새 생명 잉태한 자연 섭리 속에 자란다

바람에 실어 오는 꽃잎은 춤을 추고
마음은 꽃잎 따라 행복을 뿌려주어
보랏빛 향기 속에서 사랑 노래 흐른다

안개꽃

안개비 흩날리며 땅 위에 내려앉아
알알이 심어놓은 안개꽃 사랑 찾아
찬란한 태양 빛 따라 마음 가득 피어나

알알이 흩어지는 사랑을 품어가니
뜨거운 열정 속에 피멍은 가득하고
잔잔한 물결 따라서 흩어지는 안개꽃

국화 향기

따스한 가을볕에 눈시울 붉어지고
뜨거운 가슴안에 그리움 깊어지네
국화 향 번지는 곳에 그대 보러 가리라

기다림 향연 속에 들국화 향기 품어
노란 물 들여놓고 애간장 녹아가니
먼 길을 돌고 돌아서 내게 오는 그대여

가을꽃

가을은 시리도록 저리고 아파짐에
연약한 들꽃들은 찬바람 시들이고
전하지 못한 이야기, 그리움이 아프네

피우지 못한 사랑 전하려 피었더냐?
조금만 향 피우며 내 마음 가려 하니
세월은 녹록치 않고 애달픔이 많구나

단풍

흘러간 세월만큼 농익은 가을 하늘
초록 물 청춘 따라 세월도 지나더라
오색 물 연륜 속에서 허전함만 쌓이네

청춘은 지나가며 흔적을 남겨두고
황혼은 길을 내며 뿌리를 깊이 내려
가는 길 화려함 속에 고요하게 잠드네

단풍은 그렇게

푸름을 자랑하던 잎 새는 형형색색
새 옷을 갈아입고 내일을 기약하니
지는 해 노을빛에도 아름다워 그리네

한 시절 주름잡던 인생길 덧없더라
청춘은 어디 가고 주름진 얼굴조차
떨어질 단풍잎처럼 흔들리려 하는가

가을날의 수채화

늘 푸른 가을 하늘 흰 구름 그림 그려
나뭇잎 물들이며 마음을 훔쳐 가고
향긋한 솔바람 타고 귀뚜라미 울어대

건반의 리듬 따라 마음을 깨워놓고
울림의 화음 속에 어깨춤 절로 나니
행복은 건반 위에서 사랑 찾아 울어대

가을밤

서녘의 하늘 붉게 내 마음 타는 노을
어둠은 그리움이 되어서 잠에 드니
가을은 꿈을 찾아서 어디론가 가려나

솔바람 업고 들어 밤이슬 속삭이며
풀벌레 음률 따라 사랑을 노래하는
밤하늘 만삭의 달은 백년해로 꿈꾸네

가을 편지

흘러간 세월 앞에 무릎을 꿇고 보니
홀연히 뒷문으로 떠나간 청춘인가
흰서리 노송 덮으며 깊은 흔적 묻었네

가로등 밝은 빛은 그림자 드리우고
주인의 옷자락을 당기며 애원하는
찬바람 스며드는 밤, 시리도록 아프네

마음은 그 자리에 맴돌고 서성이다
밤이슬 풀잎 위에 보석을 박아놓고
사랑을 심어놓으며 가을 속에 잠든다

내 안에 잠든 열정 석양에 깨어나니
한발을 떼어보니 서산에 노을처럼
환희의 무지개 띠가 기다리고 있었네

만추

결실의 계절이라 마음이 공허함에
아픔은 깊어지니 세월에 숨죽이고
버려야 새로운 길이 펼쳐지는 가을날

흩날린 나뭇잎은 긴 세월 움켜쥔 채
떨어질 운명이라 미련만 가득하고
문밖의 가을바람이 내 방문을 두드려

월류봉

월류봉 달빛 따라 마음을 따러가다
부서진 돌부리에 가을이 익어갈 때
비파의 음률 속으로 사랑 길이 흐르네

정자의 밤공기가 시름을 덜어주니
강물은 소리 없이 세월은 흔들리고
달무리 스며드는 밤, 월류봉은 잠든다

홀로 선 산봉우리 마음은 아득하고
산천이 내 것인 듯 눈물이 앞을 가려
월류봉 봉우리마다 여인의 한 서리네

중추절

오곡이 풍성하고 보름달 뜨는 밤에
미소가 방글방글 사랑이 넘쳐나는
한가위 좋은 추억이 가슴속에 차올라

사랑이 모이는 곳 웃음꽃 활짝 피워
훈훈한 담장 넘어 정겨움 흘러드니
앞마당 행복 가득히 엄마 미소 번지네

가을의 서곡

햇살은 마음 안에 사랑을 싹틔우고
세월은 뭉게구름 앞세워 흘러가니
가을은 커피 향처럼 그리움이 짙어라

바람은 허전함에 멀리도 떠나가고
밤이슬 내려앉은 풀벌레 울음 따라
황혼 길 노을 속으로 자박자박 걷는다

옥수수

한 겹을 벗겨 내면 할머니 그리웁고
두 겹을 벗겨 내면 어머니 보고싶어
고향 집 툇마루 앉아 하모니카 불던 날

추억은 세월 가도 뇌리에 자리 잡아
시간이 흘러가도 마음을 붙잡으니
옥수수 익어간 계절, 익어가는 사랑아

보름달

서녘의 붉은 노을 마음도 타오르네
어둠은 그리움 져 내 마음 잠재우고
가을은 꿈을 찾아서 어디론가 가려나

밤바람 등에 업고 이슬과 속삭이며
풀벌레 음률 따라 사랑을 노래하는
한가위 만공의 달로 백년해로 이루네

감정이 머무는 저녁

사람과 사람 사이, 마음 깊이 흔들리는 감정의 자리

사람은 결국 사람으로부터 지어진다.
손자 손녀의 웃음, 낯익은 가마솥 냄새,
할미꽃처럼 주름진 손…
그리움은 너무 작고 일상적이어서
오히려 오래오래 가슴 한켠에 남아 있다.
이 장은 그런 따뜻한 자리를 향한 작은 마중이다.

쉼터

자연은 아름다운 숲속이 최고더라
바람은 길을 내어 살갗을 어루만져
영원한 쉼터인 듯이 계곡물은 춤 추네

바위가 병풍 되어 길손을 맞아주니
발걸음 구름 위를 걷는 듯 황홀하고
값으로 매길 수 없는 무릉도원 이더라

외손녀

세상에 온다는 건 우주가 내게 온 듯
아이를 바라보니 무지개 실로 엮어
고운 빛 보석이 된 듯 샛별같이 빛나네

세상은 아름답고 우주는 크고 넓어
네 마음 가는 대로 예쁜 꽃 심어보렴
꽃들이 자랄 수 있는 든든한 땅 되줄게

외손자

마음은 청춘인데 의지와 상관없이
새 이름, 할머니라 불리던 그날처럼
세월이 내게 주었던 영광인 듯 뿌듯해

티 없는 눈망울이 심장을 뛰게 하고
하늘이 내려주신 천사가 기쁨 주어
미소가 함박꽃처럼 세상으로 퍼지네

들꽃

그대는 청춘이요 두 눈이 즐겁구나
하루를 즐기면서 행복을 찾아가니
들꽃도 바람을 따라 흔들리며 춤추네

나란히 줄을 서며 향내를 흩날리니
지나는 나그네도 덩달아 춤을 추고
화려한 옷을 빼입고 길손들을 부르네

할미꽃

허리가 휘어진 건 평생을 밭을 매고
모든 걸 자식에게 퍼주고 다 내주니
남는 건 굽은 허리뿐 속마음은 가볍네

사랑을 다 퍼줘도 마음은 차오르고
세월은 흘러가고 흰머리 소복해도
해거름 노을빛 젖어 반짝이는 미소여

군자란

첫사랑 찾아 나선 발걸음 봄바람에
천리길 향기 되어 맨발로 달려와서
열정을 붉게 태우며 하염없이 그리네

미모를 자랑하며 뽐내는 고운 자태
종갓집 요조숙녀 절개는 곧았으니
한세월 그리다 가는 절세가인 꽃이여

나 홀로 가는 길

이별의 눈물 속에 그리움 쌓여가고
지는 해 바라보니 가을도 외로운가
옛사랑 떨어진 꽃잎, 바람 따라 번지네

석양의 노을처럼 그리움 타오르니
아무도 없는 길에 홀로 선 내 모습은
떨어진 그 낙엽처럼 쓸쓸하게 뒹구네

수치심

치안이 무너지니 수치심 가득하여
나들이 무서워져 어쩐지 두문불출
국민은 정치인들의 슬기로움 기다려

탐욕은 고개 들고 언제나 소리 질러
떠들며 싸움질에 민생은 귀를 막네
허물만 가득 쌓이니 큰소리만 퍼지네

노년

술 한잔 생각나는 그 어느 쓸쓸한 날
가슴속 시린 마음 그 누가 채워줄까
가을이 깊어지는 밤 옛 친구가 그립네

세월의 흔적들은 육신이 말해주고
살아갈 시간 앞에 가는 날 언제려나
이별은 오고 가는 길, 순서조차 없다네

청춘은 덧없는 꿈 꽃잎이 낙화하듯
자연의 섭리 속에 한 시절 향기였고
낙화에 서러워마오 슬픔조차 사치네

살아갈 이유

부족한 마음일랑 사랑에 채워지고
서로가 서로에게 위로가 용기되어
살아갈 이유가 되어 희망의 끈 잡는다

찬바람 뼛속 깊이 스미는 아픔 속에
한 가닥 꿈을 안고 내일을 바라보며
떠오른 태양 속에서 다시 한번 서 있네

황혼의 삶

가을은 가더라도 새 생명 싹 틔우니
황량한 들판 위에 희망이 깃들었고
황혼의 아름다움이 그 길목을 열었네

청춘을 다 바쳐서 살아온 인생길은
하나의 구름 되어 흐르는 길이었나
가는 삶 아름다움에 후회조차 없노라

아픈 손가락

손가락 아파와서 소임을 잃었더니
사소한 움직임도 불편한 일상 되어
가벼운 상처 하나에 소중함을 깨닫네

스산한 바람 따라 뼈마디 욱신거려
다친 곳 아파보니 그리움 밀려오네
그제야 알아버렸던 내리사랑 어머니

황혼의 꿈

손잡고 오순도순 내일을 함께 걷네
황혼길 벅차올라 외로움 사라지고
내일을 약속했었던 행복 속에 가구나

인생을 채색하며 고운길 걸어가네
희망을 찾아 나선 황혼이 즐거워라
백세의 시간 속에서 무지개로 꽃 피네

마중 길

마중을 가려 해도 갈 수가 없었구나
발목을 무언가가 붙잡고 놓지 않아
말 못 할 사정이 있어 차마 가지 못했네

마음은 한걸음에 달려가 얼싸안고
그리운 내 사랑아, 부르고 싶었건만
무언가 보이지 않아 속만 끓고 말았네

마음을 주고 말았다

한 떨기 고운 빛에 고개를 들고 보니
장미의 요염함에 발걸음 멈추었다
여인의 숙명이런가 그대에게 반했네

가슴에 스며드는 장미의 고운 향기
길가의 돌담 아래 고개를 내밀고서
할머니 잠든 마음을 술렁이게 하더라

향기에 짝사랑을

한 줄기 빛을 따라 걸으니 희망이네
봄날의 향기 따라 행복의 꽃이 피고
봄 동산 언덕 오르니 콧노래가 나오네

자목련 고운 자태 봄날의 향연인가
연분홍 고운 옷깃, 바람에 날려오니
사랑이 바람을 타고 흩어지듯 떠나네

꿈을 꾸는 사람

별들은 꿈을 찾아 마음에 줄을 서네
내일을 생각하니 미소가 지어지고
지금은 힘들다 해도 참아내고 견디네

새벽을 맞이하니 희망이 안겨오고
사랑은 날개 달아 행복을 선물하니
꿈꾸는 사람들 마음 별빛으로 빛나네

생각 주머니

마음이 청춘이면 생각도 빛이 나고
인생이 즐거우니 행복이 쌓여가네
빛나는 마음가짐은 행복의 꽃 피우네

사랑이 많은 이는 긍정을 담아 살고
환하게 미소 지어 상대도 절로 웃네
마음이 즐거워지니 풍요로움 더하네

인연

시절이 그러하듯 이별도 그러하다
떠나는 마음 따라 꽃들은 피고 지고
세상에 남기고 가는 흔적들은 섭리네

하늘의 뜻이기에 함께한 시간 들을
서로의 울고 웃음 소중히 간직하고
인연의 끈으로 묶여 돌아보니 하나네

인연 따라 생멸하는 것

마음은 불생불멸, 생각은 공허하고
변화는 생주이멸, 육신은 생로병사
만물은 잠시 머물다 허공으로 가도다

불생불멸(不生不滅)
생겨나지도 않고 없어지지도 않고 항상 그대로
변함이 없는 것

생주이멸(生住異滅)
모든 사물이 생기고 머물고 변화하고 소멸하는
네 가지 현상이나 상태

생로병사(生老病死)
사람이 반드시 겪어야 하는 나고 늙고 병들고 죽
는 네 가지 큰 고통

넋두리

지나는 바람결에 밤 달이 기우나니
세월을 앞세우고 춤추며 너울대다
옛 시절 줄행랑치며 웃음 주고 떠나네

마음을 달래려고 시조를 읊어 보네
늦은 밤 깊어드는 상념에 젖어 들 때
서방님 코 고는 소리 자장가가 되었네

가랑비의 노래

가랑비 오락가락 가지에 새순 돋아
새들의 노랫소리 흥겹게 들려오니
매화꽃 필 때쯤이면 푸른 꿈이 싹트네

호숫가 물안개는 춤추듯 피어올라
잠자던 물결들은 희망을 품었는가
영혼의 울림을 담아 내일 향해 자라네

쑥 개떡

쑥 향을 바람결에 담아서 맡아보니
쑥개떡 베어 물며 추억을 쌓아가고
어머니 그리운 마음 쫓아가며 달래네

어둠을 등에 지고 등불을 밝혀주니
달빛도 가을 타며 빨리도 저무는가
세상을 어두움으로 덮어놓고 잠든다

세월이 참 빠르다

세월을 붙잡으니 말없이 도망가고
아무런 소리 없이 대문에 들어서니
까치가 노래 부르며 인생길을 반기네

찻잔에 새 아침을 담으니 달콤하고
동풍에 그리움을 저 멀리 띄워 놓네
하늘에 빛나는 별도 내려 담고 싶어라

달빛 아래 피어난 마음들

내면의 경계에서 피어나는 시간 속 사유와 잔상의 풍경

달빛은 조용히, 그러나 깊게 스며든다.
드러내지 못한 말, 흘려보낸 시간,
진흙 속에서도 피어나는 연꽃 같은 마음들.
이 장의 시들은 말보다 침묵에 가까운 이야기다.
그 안에 담긴 마음의 떨림이,
당신의 어떤 새벽을 닮아 있기를 바라며.

황혼의 달빛

우리네 마음 안에 만월이 깃 들으니
지는 해 배웅하며 세월을 견뎌내는
노송은 허리 굽듯이 그 풍상을 담는다

기나긴 세월 앞에 가부좌 틀고 앉아
김빠진 맥주처럼 쓰디쓴 한숨 속에
지는 해 가슴에 담아 달그림자 품는다

달빛에 그린 얼굴

달빛에 그린 얼굴 마음에 새겨두고
어둠은 그림자를 숨긴 채 잠이들고
떠오른 태양과 함께 무심하게 떠나네

지나는 시간 앞에 추억이 줄을 서며
어디로 사라졌나 지는 해 바라보니
할미꽃 홀로 외로이 그 자리에 서 있네

미름달

동녘의 아침 해가 찬란히 솟아올라
미름달 문을 열어 희망을 심어주고
묵묵히 걸어가듯이 꿈을 찾아 나서네

사랑을 가득 품고 가정에 뿌리내려
입가에 웃음꽃이 환하게 피어나니
내일이 종말이 와도 무섭지가 않다네

세상 이야기

고운 빛 우려내어 술잔에 가득 채워
만월에 풍류 따라 흥겨워 춤을 추니
만추의 밤을 지새며 애환 품고 숨 쉬네

하루해 보냈더니 한숨이 기다리고
지친 몸 한 잔 술로 기운을 내어 보니
가족의 웃음소리에 시름 걱정 지우네

기차길

지나간 세월 속에 머무는 추억들에
기차길 선로 따라 마음이 흘러가니
간이역 불빛 아래로 희로애락 서리네

지나온 시간 모두 빛바랜 앨범 속에
아련한 향기 되어 담장을 넘나들고
그리움 뜬 구름 따라 하염없이 흐르네

희망가

미래를 생각하니 앞날이 깜깜하고
어깨가 무거워서 마음이 짓눌리니
결혼은 엄두조차도 내지 못해 아쉬워

희망을 노래하는 그대여 사랑하리
어둠을 밝혀주는 등불을 활활 태워
미움과 분노를 지워 꽃길만을 걸으리

진흙 속 연꽃

세상의 탁류 속에 연꽃은 향기 품어
진흙 속 연꽃 하나 미소로 달래주고
여리나 힘찬 기세로 꽃대 밀어 올리니

희생해 일구어진 그 고운 품격으로
숙연한 마음마저 한없이 부끄러워
진흙 속 영롱한 진주 영혼으로 빛나네

인 꽃 향

인꽃향 멀리 가나 향기가 퍼져가니
나쁜 짓 하는 사람 사라져 간다더라
인꽃향 만 리 가듯이 영원토록 피우네

서러워 울지마라 눈물에 향기 젖어
가는길 넘어질까 하늘을 우러르고
천천히 숨 골아가며 쉬였다 가시게나

풀 냄새

오솔길 풀 내음은 발길을 따라와서
마음을 흔들어내 향수를 뿌려주니
바람에 몸을 맡긴 듯 유랑 길이 참 좋네

산책길 마중하는 물소리 길을 내어
꽃들이 웃음 주니 마음도 가벼워져
구름이 따라오라며 두리둥실 떠간다

배

노을에 몸 담그며 해거름 주저앉아
밤바람 친구 삼아 세월의 흔적 밟아
달빛이 그리워지니 마음 잔에 띄우네

밤 깊은 시간의 강 노 저어 지나가니
잠자는 추억 속에 그리운 얼굴들이
가로등 불빛 아래에 서성이며 맴도네

모란이 피기까지

청춘을 불사르고 정성껏 혼을 심어
가족들 사랑으로 배불리 키워내니
하나둘 곁을 떠나며 안부 전화 없더라

모란이 피기까지 고난을 참아왔네
화창한 햇살 안고 살아온 봄 뜰에는
남은 건 골진 주름만 깊이 패어 가더라

세월은 내 달린다

고개를 들고 보니 세월은 달려가고
그려진 화폭에는 인생길 희로애락
구름 위 스쳐 지나간 몽롱함이 꽃이네

앉았다 일어서니 청춘은 사라지고
거울을 쳐다보니 주름은 서 말이라
추억은 쌓이고 쌓여 이고지고 가노라

태양은 꿈을 주고

햇살은 꿈을 주고 희망을 안겨 주니
행복한 설렘 안고 발걸음 내딛으리
빛나는 별이 되어서 조화로이 떠 있네

태양은 푸른 꿈의 마음을 데워주고
꿈꾸는 이에게는 스승의 길이 되니
정열을 불태우는 듯 열정 속에 걸으리

사연

사연을 담아 홀로 영혼을 불태우며
마음은 하늘 향해 소망을 빌었으니
수줍음 삼켜버리던 달빛 홍조 빛나네

헛헛한 마음 자락 달에게 물어보니
명쾌한 답이 없어 홀로이 서성이고
별처럼 반짝거리는 밤하늘을 기리네

무거운 마음

명절이 다가오니 어디로 가야 하나
행복을 제자리에 가져다 두지 못해
세상이 시끄러워서 마음 둘 곳 없더라

연이은 전염병에 명절이 적막하고
부모님 노파심에 자식들 좌불안석
시국은 팬데믹으로 두 발목이 묶이리

소중한 사람

사람이 재산이며 친구가 보배란다
곁에서 함께할 때 온 정성 다하여서
순간에 변할 마음은 떠나기 전 잘하리

떠난 뒤 후회 말고 있을 때 잘할 것을
서로가 배려하면 우정이 가득하리
영원히 함께하기를 소망하며 가리라

가는 길

철 따라 단장하여 바람을 유혹하고
고운 옷 갈아입고 길손을 기다리는
낙엽들 하늘하늘해 흔들리며 춤추네

삭풍에 울고 가는 낙엽아 슬퍼 마라
흘러간 세월 따라 가는 길 다르지만
흙으로 돌아가는 건 너나 나나 같으리

토왕성 폭포

어둠을 삼켜버린 토왕성 하늘 오름
빛 장군 군무 속에 탐욕을 색출하여
청정한 대한민국을 지키려는 폭포수

어둠을 밝혀주는 물줄기 빛을 품고
폭포수 군무 속에 생명수 그리노니
마음을 이끌어주듯 기세 좋게 흐르네

금발 머리 꽃

세상이 어지러워 헛것이 보이나 봐
모두의 머리카락 금으로 치장하고
모두가 부자이기를 꿈을 꾸는 사람들

젊은이 머리카락 금으로 물들이니
세상이 들썩이며 요란을 피워대고
덩달아 투기꾼들은 불을 키고 혈안이네

명태의 눈

시장통 시끄러워 고양이 쳐다보니
매달린 명태 놈을 멀거니 바라보네
눈으로 애원해 봐도 답은 오지 않으리

두 눈을 부릅뜨고 동태를 쳐다봐도
뾰족한 수가 없어 가부좌 틀고 앉아
풀 죽은 가련한 신세 어쩔 수가 없으리

마스크 쓴 봄날

봄날은 우리 곁에 살짝이 다가오니
봄 아씨 살랑살랑 손짓해 유혹하네
마음은 어둠 속에서 숯덩이가 되리니

춘풍은 춤을 추며 다가와 속삭이고
마음은 무거움에 짓눌려 괴로우니
코로나 창궐 속에서 헤어나지 못하네

말을 하는 가을

인생을 노래하는 귀로에 서성이다
가을이 말해주니 황혼이 스며드네
한 마리 나비가 되어 자유롭게 날으리

세월에 묻혀가는 우리네 꿈이기에
청춘은 희로애락 펼치며 성장하고
황혼은 넘어갈수록 연극 속에 살더라

구절초

구절초 흰옷 입고 가을을 맞이하고
순백을 자랑하며 수줍음 머금으니
밤바람 내려앉아서 가냘프게 서 있네

갈바람 타고 오는 구절초의 향기여
여인의 향기 찾아 밤이슬 내려오네
사랑을 기다린 마음 그리움을 보려나

산야에 피어나는 구절초 혼불 켜고
아가씨 마중하는 순결의 사랑인가
가을날 소식 전해온 꽃향기가 곱구나

시대를 건너는 마음들

시간과 역사, 사람들 속에서 흔들린 시간의 기록

우리는 혼자 시를 쓰지만,
그 시는 시대 전체의 숨결이기도 하다.
투표하는 손, 무너진 보일러,
흙탕물 같은 현실 속에서도
삶은 여전히 무엇을 향해 걸어간다.
이 시들은 개인의 기억이자, 우리 모두의 시간이다.

코로나 바이러스

코로나 바이러스 공포를 몰고 오고
마스크 착용하자 침묵은 길어지니
서로의 낯선 시선에 싸늘함을 느끼네

세상은 바이러스 지옥이 되어가고
사람들 목숨마저 스러져 흩어지니
염전에 소금 말리듯 완치하라 말하네

발 없는 바이러스 세상을 뒤흔들고
그림자 흔적 남겨 공포로 위협하는
생명을 빼앗아 가는 원인 모를 코비드

코비드, 19

비말로 전염되는 코로나 공포 속에
세계가 흔들리며 목숨을 위협하니
빈부의 격차로 인해 사망자가 늘었네

사회적 거리 두기, 이웃 간 대화 단절
발목을 잡아매어 살아도 죽을 노릇
마음에 그림자 남겨 스트레스 커지네

경제가 휘청이는 현실에 답이 없고
정치판 우왕좌왕 국민의 혼란 속에
생계도 걱정이 되어 웃음마저 잃었네

코로나 거리 두기 실천의 미로 속에
확진자 줄지 않아 언제쯤 끝이 날지
모두가 입을 안 열면 끝나려나 코비드

경자년

경자는 어느 틈에 대문을 열어젖혀
소문도 내지 않고 옆자릴 차지하네
겨울을 밀어내면서 봄 낭자를 찾는다

경자야 어쩌자고 말없이 찾아왔니
어차피 한 해 동안 동행을 해야 하네
이것이 사랑이려나 함께 가세 우리도

정의로운 대통령

태풍이 불어와도 정의는 바로 서고
어둠 속 국민 숨결 힘차게 도약하니
경제를 살려내어서 희망의 박수 치네

민초의 멍든 가슴 깨끗이 씻어내고
웃음꽃 피어나니 미래가 밝으리라
귀중한 표심 안에서 공명정대 이루세

투표하는 날

계엄을 선포하던 대통령 사죄하라
정의가 살아있는 우리의 대한민국
장하다, 국민 모두의 자랑스런 승리네

이제는 당파싸움 접고서 화합하세
안정된 살림살이 돌보며 평안하리
서로의 자유 향해서 평화의 꿈 꾸리라

선거판

흙탕물 휘저으며 서로가 올라서니
한 치 앞 물안개 속 명쾌한 답 없구나
밥그릇 싸움을 하며 목소리만 높이네

민초들 살림살이 녹록지 못하여도
공약만 내세우고 두 마음 갈라놓고
표심만 얻으면 그만, 그 행태가 우습네

정치판

세상사 고민한들 깔끔한 해결 없고
영원히 실타래는 풀릴 리 없을지니
정권이 바뀐다 해도 제자리에 정좌네

여야가 합심하여 경제를 걱정하고
국민을 돌아보며 민생을 지켜주길
남북의 핵전쟁만은 일어나지 않기를

인성

나약한 마음 안에 불량함 커져가고
병약한 체력으로 거들먹 거리더니
오만과 불만족감이 하늘 높이 솟더라

꽃씨를 심었더니 쭉정이 뿐이라서
사랑을 뿌려주니 꽃길이 펼쳐지고
관심과 손길을 주니 바른길로 자라네

공수래 공수거

세상에 발붙이고 살면서 가진 것은
흘러간 세월 따라 깊어진 주름이요
황혼길 공허함 속에 허탈감만 커지네

가는 이 가라 하고 오는 이 안 붙잡아
이 세상 내 것 없어 빌려서 살다 가니
남은 생 후회 없기를 비우면서 살리라

고춧대

요즈음 코로나로 마음이 무거운데
날씨도 한몫같이 거들며 조롱하니
고추가 맥을 놓으며 바이러스 맞구나

코로나 창궐하여 경제는 엉망이고
사람들 시름 속에 한숨만 늘어가니
모두의 힘과 지혜로 이 난관을 헤치리

수양버들

허리띠 졸라매니 어깨는 늘어지고
낭창한 버들가지 배고픔 서러움에
오뉴월 무더위 속에 살랑이며 서 있네

더위를 마셨나 봐 처지는 어깻죽지
꽃 치마 드리우고 낭창한 몸짓으로
키재기 자랑하듯이 물구나무 서는 꽃

삼일절 날

그날을 상기하며 기미년 대한민국
선열의 대한독립 선언을 듣노라면
삼일절 만세 부르니 태극기가 날리네

백 주년 독립 만세 외치는 흥분 속에
태극기 물결 따라 감동은 배가되어
삼일절 순국선열의 마음 안에 꽃 피네

한반도

허리가 부러져도 그 누가 알아주랴
칠십이 되었건만 형제는 외면하고
분단의 아픈 기억을 후벼 파며 놀리네

남북은 철조망이 갈라진 아픔 속에
묵묵히 자리하며 총부리 겨눠대고
서로를 언제까지나 견제하며 지내랴

2020년 수난

코로나 창궐하니 마스크 씌워지고
세계를 뒤흔들며 생명을 앗아가니
생활은 불편함 속에 가정 경제 휘청여

하늘이 고장 났나 수마(水魔)가 할퀴고 간
한반도 전 지역을 긴 장마 발목 잡혀
서민들 호주머니만 강탈하고 잠기네

빈대

장단을 맞추려니 설 자리 비좁아서
실눈 떠 바라보니 웃음만 나오더라
국고는 바닥이 나고 아수라장 빈대들

나라 꼴 이리저리 바람에 장단 맞춰
국민의 살림살이 고달파 쓰러지고
경제는 마이너스에 인심마저 동난다

청년 실업

일자리 찾아 나선 청년들 울상이네
길거리 방황하는 구직자 넘쳐나고
주머니 동전 한 닢에 통곡 소리 애달파

경제는 바닥치고 물가는 고공행진
청춘들 이력서는 밤잠을 설쳐가고
미래가 불투명하니 언감생심 이려나

흙탕물

청렴한 벼슬아치 몇이나 될까 하고
손가락 꼽아 보고 눈 씻고 찾아봐도
만두소 터져 나오듯 빈깍지만 남았네

악취가 득실거려 입가를 막고 지내
어설픈 어깨춤에 눈치만 보고 사니
국민을 교란시키며 흙탕물만 쳐 대네

연의 미색

군자의 칭송 속에 위엄을 드높이네
위세를 자랑하며 세상을 호통하니
졸부들 앞다투어서 쥐구멍을 찾는다

여의도 나리님들 무슨 일 했는지요
서로들 잘못했다 잘했다 당파싸움
나라는 엉망진창에 진저리가 쳐진다

칼바람

산사의 칼바람에 고요가 흔들리니
앙상한 나뭇가지 춥다고 말을 하고
설 꽃을 피워놓고서 아름답다 뽐내네

동장군 무서워서 칼바람 휘두르니
바람을 앞세워서 추위를 몰고 오네
추위야 물러가거라 꽁꽁 얼어 죽겠네

꽃마차

하늘에 구름 따라 내 마음 흘러가고
꽃마차 몸을 싣고 즐기며 가고 싶네
마음은 꽃구름 속에 두리둥실 떠간다

내 마음 어디쯤에 머물고 있을까요
바람에 몸을 싣고 떠 가니 그저 좋아
바람이 머무는 그곳, 정거장이 아닐지

고장 난 보일러

훈훈한 온기 속에 사랑은 식어갔네
이불 속 냉기마저 마음을 외면하니
섣달에 고드름 맺힌 보일러가 얄미워

겨울밤 외로움만 쌓이는 늦은 시간
뜨거운 심장마저 차갑게 외면하니
동창은 언제쯤이면 밝아오리 섧구나

촛불

여야의 탁상공론 국회는 어지러워
국민의 신뢰마저 아래로 떨어지네
두 눈을 비비고 씻어 믿음일랑 찾으니

심지에 혼을 심어 자신을 희생하고
어둠 속 광명 찾아 빛으로 승화하니
올바른 지도자 되어 많은 복을 받으리

가마솥

추억은 기억 속에 아궁이 화력 따라
밥상 위 오가는 정 담소가 풍성하니
행복은 치마폭 위에 차곡차곡 쌓이네

가정의 웃음꽃은 사랑을 안겨주고
화목은 배려 속에 신뢰가 쌓여가니
영롱한 보석이 되어 영원토록 빛나리

한가위

툇마루 둘러앉아 송편을 빚는 마음
가족의 사랑 위해 웃음을 선물하고
보름달 만삭이듯이 만사형통 하여라

손수레 굴러가니 보름달 반달 되어
툇마루 웃음꽃은 담장을 넘어가고
화평은 온 세상 위에 만사형통 하여라

사랑의 돛을 펼쳐 그리움 배에 신고 항해하다

- 송미숙 시조집 『달빛 지는 새벽의 숨결』 -

김상홍(金相洪) 시조시인, 단국대학교 전 부총장

자랑스러운 우리 시조

송미숙 시인은 2년 전 10월에 시집 『일몰 없는 황혼의 삶』을 출간하였다. 이번에는 시조집 『달빛 지는 새벽의 숨결』을 상재(上梓) 하니 축하드린다.

시조는 우리나라 고유의 자랑스러운 문학 장르다. 시조의 비조(鼻祖)와 기점(起點)은 정확히 알 수 없으나 문헌상으로 보면 800여 년이 된다.

주지(周知)하는 바와 같이 시조의 형식은 초·중·장의 3장(章), 6구(句), 12소절(小節)로, 글자 수가 45자 내외로 구성되었다. 또한 종장(終章)의 첫 구는 3자로, 종장의 마지막 구는 현재 진행형으로 지어야 한다.

시조의 형식에 맞고 시조의 특징인 ① 간결성 ② 함축성 ③ 상징성이 담겨져 있어야 바른 시조라고 할 수 있다.

역동(易東) 선생으로 잘 알려진 고려시대 우탁(禹倬, 1262~1342)의 시조 「탄로가」(嘆老歌) 3수를 보자.

① 한 손에 가시 쥐고 또 한 손에 막대 들고
　늙는 길 가시로 막고 백발은 막대로 치려했더니
　백발이 제 먼저 알고 지름길로 오더라

② 춘산에 눈 녹인 바람 건듯 불고 간데 없다
　저근듯 빌어다가 머리 위에 불리고저
　귀 밑에 해묵은 서리를 녹여볼까 하노라

③ 늙지 말려이고 다시 젊어 보렸더니
　청춘이 날 속이고 백발이 거의로다
　이따금 꽃밭을 지날 제면 죄 지은 듯하여라

①은 자연적으로 찾아오는 늙음을 인위적으로 막아보려는 인간의 솔직한 감정을 처절하게 노래하였다.

②는 자연의 힘을 빌려 인간의 삶을 변화시켜 보고자 하는 의지를 드러낸 것으로, 봄바람이 눈 덮인 산을 녹이듯 자연의 위대한 힘을 빌려 인간에게 찾아오는 백발을 없애

보고자 하는 간절한 소망을 담았다.

③은 늙지 않고 젊어 보려는 욕구에도 불구하고 찾아드는 백발은 어쩌지 못하고 젊은 여인을 탐하는 자신의 인간적 욕구를 "이따금 꽃밭을 지날 제면 죄지은 듯 하여라."라고 솔직히 고백함으로써 죄책감을 진솔하게 드러내고 있다. 늙음을 가져오는 자연의 질서에 맞서보려는 안간힘과 죄책감이 인간미를 더해주고 있다.(김학성).

우탁의 「탄로가」에서 보듯 3장 6구 12소절이다, 종장(終章)의 첫 구는 3자로 ①은 "백발이"이고, ②는 "귀 밑에"이고, ③은 "이따금"이다.

또한 종장의 마지막 구는 모두 현재 진행형이다. 즉 ①은 "오더라"이고, ②는 "하노라"이고, ③은 "듯하여라"이다. 그리고 간결성과 함축성과 상징성이 내재되어 있다.

우탁은 우리 한국 시조사에 불후(不朽)의 「탄로가」를 남겼을 뿐만 아니라, 충선왕의 패륜을 보고 지부상소(持斧上疏)를 한 올곧고 훌륭한 관료문인이다.

현대 시조도 형식은 3장 6구 12소절과, 종장에서 첫 구는 3자로, 마지막 구는 현재 진행형으로 지어야 한다. 그리고 시조의 특장인 ① 간결성 ② 함축성 ③ 상징성을 내재시켜야 한다.

필자는 금년에 우리나라 800년 시조사(時調史)에서 최초로 우리 고전(古典)을 연시조로 옮겼다. 바로 다산(茶山) 정약용(丁若鏞, 1762~1836)이 저술한 공직자의 교과서인 불후의 『목민심서』를 연시조 800수로 변주(變奏)하여 『시조로 읽는 목민심서』를 출간(단국대학교 출판부, 2025.) 하였다. 이 책에서 초장은 3.4.3.4자로, 중장은 3.4.3.4자로, 종장은 3.5.4.3자로 옮겨 800수가 한결같이 43자이다. 현대시조에서 시조의 형식을 무시하고 종장의 첫 구만 3자로 짓는 것은 동의하기가 어렵다.

송미숙 시인의 시조집 『달빛 지는 새벽의 숨결』은 단시조는 없고, 모두 연시조로 95편이며, 4장으로 구성되었다. 이 책이 자랑스러운 우리 시조 발전에 기여할 것이다.

시간의 변화에 대한 아름다운 시선

1921년 노벨 물리학상을 받은 알버트 아인슈타인(Albert Einstein, 1879~1955)이 한 말을 보자.

상냥한 여자와 함께 보내는 2시간은 2분처럼 가고
뜨거운 난로 위에서 보내는 2분은 2시간처럼 간다.

이 말 속에 '시간'의 핵심이 담겨 있다. 시간의 흐름에 대한 인식은 상대적이라는 것이다. 시간이 흐르는 속도는 완

급이 없이 일정하다. 그러나 사람마다 처한 환경과 사연에 따라 시간의 속도에 대한 느낌에 느리고 빠름(遲速)이 있다.

슈테판 클라인(Stefan Klein)은 그의 저서 『시간의 놀라운 발견』에서, "우리는 예나 지금이나 시간을 우리 외부에서 우리를 조종하는 독재자로 느끼며 시간의 박자가 우리 안에서 생겨나고 있음을 깨닫지 못한다. 그리하여 우리는 하루하루를 마치 기성복처럼 받아들인다. 충분히 맞춤복을 마련할 수 있는 데도 말이다."라고 했다.

1962년 프랑스 지질학자 미셸 시프레(Michel Siffre)가 조명도 시계도 없는 동굴에 25일간 스스로를 가두고 나서 내린 결론이 바로 "하루의 길이와 리듬은 사람마다 각각 다르다."는 것이었다(슈테판 클라인 지음, 유영미 옮김, 『시간의 놀라운 발견』, 웅진 지식하우스, 2007.)

송미숙 시인은 우주 질서의 하나인 시간의 흐름인 계절의 변화를 아름다운 시선으로 관조하고 있다.

산허리 능선 따라 봄 내음 따라가니
춘풍은 바람꽃을 피우며 달아나고
메아리 부메랑 되어 덕유산을 맴돈다

봄 아씨 대문 앞에 고개를 들이밀고
골짜기 폭포 소리 얼굴을 휘두르니
봄 냄새 물고 달려와 앞마당에 눕는다
－「덕유산의 봄」－

위의 "메아리 부메랑 되어 덕유산을 맴돈다"와, "봄 아씨 대문 앞에 고개를 들이밀고"에서 송미숙 시인 특유의 심미적 수사(修辭)로 덕유산의 봄 풍경을 형상화하였다. 시간의 흐름과 계절의 변화에 대한 느낌은 사람마다 다르다. 영혼이 청징(淸澄)하면 사물을 보는 시각도 아름답기 마련이다.

꽃이 아름다운 것은 꽃을 심고 가꾼 분의 고운 마음을 닮았기 때문이다. 또한 꽃이 아름다운 것은 꽃들의 ① 색상과 ② 모습이 천태만상이기 때문이다. 이 세상 모든 꽃이 빨간색이고 모습마저 똑같다면 아름답다고 할 수 있을까.

연보라 꽃망울에 마음을 담아보고
망울진 춤사위가 그리움 안겨주어
새 생명 잉태한 자연 섭리 속에 자란다

바람에 실어 오는 꽃잎은 춤을 추고
마음은 꽃잎 따라 행복을 뿌려주어
보랏빛 향기 속에서 사랑 노래 흐른다
- 「연보라 꽃」-

연보라 꽃의 아름다움을 노래했다. 필자는 대학시절에 문학강좌를 수강할 때 교수님의 말씀을 아직도 기억하고 있다. 시나 소설에서 "이름 모를 꽃" 운운하는 것은 잘못이라고 하였다. 이 세상에 존재하는 것 중에 이름이 없는 사물은 없다고 하였다. 꽃 이름이 무엇인지 정확히 알고 써야지

"이름 모를 꽃"으로 넘어가는 것은 문학도의 자세가 아니라는 것이다. 송미숙 시인이 「연보라 꽃」의 이름을 밝혔으면 더욱 좋았을 것이다

세월이 가면 우리 인생도 덩달아서 흘러간다. 계절의 순환은 성쇠존멸(盛衰存滅)의 섭리로 인간을 성숙하게 하고 새로운 세계를 경험하게 한다.

흘러간 세월만큼 농익은 가을 하늘
초록 물 청춘 따라 세월도 지나더라
오색 물 연륜 속에서 허전함만 쌓이네

청춘은 지나가며 흔적을 남겨두고
황혼은 길을 내며 뿌리를 깊이 내려
가는 길 화려함 속에 고요하게 잠드네
　　　　　　　　　　－「단풍」－

송미숙 시인은 「단풍」에서 "오색 물 연륜 속에서 허전함만 쌓이네"라고 하였고 "가는 길 화려함 속에 고요하게 잠드네"라고 하였다.

당나라 두목(杜牧, 803~852)은 만당 시기 당시(唐詩)의 섬세하고 기교적인 풍조에 비해 평이하면서도 호방한 시를 지었다. 두목은 「산행」(山行)에서 단풍의 아름다움을 이렇게 노래하였다.

멀리 한산에 오르는데 돌길은 경사지고　　　遠上寒山石徑斜

흰구름 피어오르는 곳에서 인가가 있네　　白雲生處有人家
수레 세워놓고 만추의 단풍을 즐기는데　　停車坐愛楓林晚
서리 맞은 단풍 이월의 꽃보다 더 붉다　　霜葉紅於二月花

두목은 단풍을 보고 "서리 맞은 단풍 이월의 꽃보다 더 붉다"고 노래했는데, 송미숙 시인은 "허전함만 쌓이네"라고 하여 시각이 서로 다르다.

단풍을 보고 같은 표현을 한다면 시가 아니다. 시간의 변화, 계절의 변화에 대한 아름다운 시선은 깊은 성찰과 내공이 있기 때문이다.

우주와 같이 크고 넓은 사랑과 아픔

사랑은 받는 것이 아니라 주는 것이다. 인류가 멸망하지 않고 존재하는 것은 사랑을 주고 받기 때문이다. 보듬고 베푸는 사랑의 힘은 우주와 같이 크고 넓고 아름답다. 손주의 사랑을 그린 「외손녀」를 보자

세상에 온다는 건 우주가 내게 온 듯
아이를 바라보니 무지개 실로 엮어
고운 빛 보석이 된 듯 샛별같이 빛나네

세상은 아름답고 우주는 크고 넓어
네 마음 가는 대로 예쁜 꽃 심어보렴

꽃들이 자랄 수 있는 든든한 땅 되줄게
-「외손녀」-

　외할머니의 하해와 같은 사랑을 한 땀 한 땀 수를 놓듯 문자로 교직(交織)하여 아름답고 따뜻하다. 외손녀의 탄생이 얼마나 기쁘고 사랑스러웠으면 "우주가 내게 온 듯"하고, "보석처럼 별이 된 듯 빛나네"라고 노래했을까. 그리고 어린 외손녀에게 "네 마음 가는 대로 예쁜 꽃 심어보렴"이라 한 후, 외할머니는 "꽃들이 자랄 수 있는 든든한 땅 되줄게"라고 했다. 혈육애 대한 한없는 사랑이 보석보다 더 빛난다. 친손이나 외손이나 손주는 우리의 희망이자 미래이다. 이들이 꿈을 이룰 수 있도록 토양이 되겠다는 것은, 깊고 뜨거운 사랑이 함축된 것임을 알 수 있다.

　지난 2019년 1월부터 2021년까지 3년간 중국에서 발병된 코로나의 창궐로 지구촌이 발목을 잡혀 일상이 정지되었다. 송미숙 시인은 이때의 아픔을 「마중 길」에서 형상화하였다.

마중을 가려 해도 갈 수가 없었구나
발목을 무언가가 붙잡고 놓지 않아
말 못 할 사정이 있어 차마 가지 못했네

마음은 한걸음에 달려가 얼싸안고
그리운 내 사랑아, 부르고 싶었건만
무언가 보이지 않아 속만 끓고 말았네
-「마중 길」-

코로나가 창궐하던 시절. 지구촌 사람들은 입마개를 쓰고 스님도 아니면서 살기 위해 묵언수행(默言修行)을 해야 했다. 송미숙 시인이 마중 갈 사람이 누구인지는 알 수 없지만 소중한 사람일 것이다. 소중한 사람을 마중 가고 싶으나 "그리운 내 사랑"이 오시는데 "발목을 무언가가 붙잡고 놓지 않으니" 갈 수가 없었다. 사춘기 소녀같은 풋풋하고 싱그러운 시심이 아름다워 저절로 미소를 짓게 한다.

송미숙 시인의 시심은 우주와 같은 크고 넓은 사랑이 있고, 사랑의 아픔을 용해(溶解)하였다.

물아일체와 황혼의 아름다운 고독

사람은 지은 죄가 없어도 늙고 병이 든다. 세월이 흘러가면 우리 인생도 뭐가 좋은지 덩달아 따라간다. 해돋이 일출도, 해넘이 일몰도, 찬란하고 아름답다. 그러나 황혼이 아름다워도 어떻게 일출만 하겠는가.

누구나 많은 세월의 파고(波高)를 겪기 마련이다. 송미숙 시인은 사물을 보는 시각이 예사롭지 않다. 예리하다.

오솔길 풀 내음은 발길을 따라와서
마음을 흔들어내 향수를 뿌려주니
바람에 몸을 맡긴 듯 유랑 길이 참 좋네

산책길 마중하는 물소리 길을 내어
꽃들이 웃음 주니 마음도 가벼워져
구름이 따라오라며 두리둥실 떠간다
－「풀 냄새」－

"오솔길 풀 내음"이 "발길을 따라와서", "향수를 뿌려주니" "바람에 몸을 맡긴 듯 유랑 길이 참 좋네"라고 했다. 풀 내음을 향수로 치환(置換)한 수사(修辭)가 풋풋하다.

"꽃들이 웃음 주니 마음도 가벼워져"와 "구름이 따라오라며 두리둥실 떠간다"는 물아일체(物我一體)이다. 웃음을 주는 꽃과 따라오라는 구름과의 교감(交感)이 아름답다. 여기에서 송미숙 시인의 고운 심성을 읽을 수 있다.

한 송이 꽃이 피려면, 바람이 베를 짜듯 수없이 지나가고, 달빛에 외로운 밤을 수없이 지새야 하고, 풍우한설(風雨寒雪)을 견디는 인고(忍苦)가 있어야 한다.

청춘을 불사르고 정성껏 혼을 심어
가족들 사랑으로 배불리 키워내니
하나둘 곁을 떠나며 안부 전화 없더라

모란이 피기까지 고난을 참아왔네
화창한 햇살 안고 살아온 봄 뜰에는
　남은 건 골진 주름만 깊이 패어 가더라
－「모란이 피기까지」－

이 「모란이 피기까지」에 내재 된 서운함은 송미숙 시인만

이 갖고 있는 것이 아니다. 우리가 사는 이 시대의 황혼들이 겪고 있는 공통적인 아픔이다.

"청춘을 불사르고 정성껏 혼을 심어/ 가족들 사랑으로 배불리 키워내니/ 하나둘 곁을 떠나며 안부 전화 없더라"의 아픔과 고독에 공감한다. 이 아픔과 고독은 고난의 세월을 열심히 살아온 황혼이 된 부모 세대들이 공통적으로 겪고 있다. 그렇다고 자식들이 불효자라는 것은 아니다. "안부 전화 없더라"가 서운하고 고독한 것이다.

여기서 모란은 자녀들이다. 「모란이 피기까지」는 자녀들이 성장하여 남혼여가(男婚女嫁)한 것을 의미한 것이다. 모란은 피었다. 그러나 모란을 피운 송미숙 시인은 "남는 건 골진 주름만 깊이 패어 가더라"는 독백을 공감하면서도 한편으로 가슴을 아리게 한다.

송미숙 시인의 시심에 내재 된 물아일체와 황혼의 아름다운 고독을 누구나 공감할 것이다.

분단의 비극과 청렴의 죽음에 분노

문학은 해와 달의 신성(神聖)함에도, 황제의 드높은 권위에도 무례(無禮)할 기능과 특권이 있다. 시인이 사악한 자의 불의를 보고도 침묵하는 것은 불의를 묵인하는 것이자 동조하는 것이고, 결국은 불의한 자의 노예가 된다.

다산 정약용은 형기(刑期)가 없는 유배생활을 18년간 했다. 강진(康津) 유배지에서 언제 금부도사 사약을 들고 올지도 모르는데, 썩어 문들어진(腐爛) 부패한 조선을 개혁하고자 공직자의 교과서인 『목민심서』를 저술했다.

1803년 유형지 강진의 노전(蘆田)에 사는 한 백성은 아버지의 상복(喪服)을 입고 있는데 아버지에 대한 세금이 나오고, 자신과 삼칠일도 안 지난 간난 아들도 세금이 나왔다. 즉 3대가 세금이 나온 것이다. 황구첨정(黃口簽丁)과 백골징포(白骨徵布)의 가혹한 세금을 가난해서 낼 수가 없었다. 관리가 와서 세금 대산 외양간의 소를 빼앗아 갔다. 그 백성은 너무나 분하고 원통하여 소를 빼앗긴 원인이 자식을 낳게 하는 자신의 남근(男根) 때문이라며 남근을 스스로 칼로 잘랐다. 경천동지할 일이었다. 다산은 이를 시로 쓴 것이 유명한「애절양」(哀絶陽)이다.

다산은 백성들의 아픔과 슬픔을 자아의 아픔과 슬픔으로 승화한 사회시(社會詩)를 많이 썼다. 다산이 강진 유배지에서 큰아들 정학연(丁學淵)에게 보낸 시론(詩論)을 보자.

임금을 사랑하고 나라를 걱정하지 않으면 시가 아니고, 어지러운 시국을 아파하고 피폐한 습속을 통분해 하지 않으면 시가 아니며, 아름답게 풍자하고 권선징악의 뜻이 담겨져 있지 않으면 시가 아니다. 그러므로 지기(志氣)를 세우지 못하고 학문이 순정하지 못하면 대도(大道)를 듣지 못하고 임금을 성군으로 만들고 백성들을 윤택하게 할 마음이 없는 자는 시를 지을 수 없다.

위의 글은 다산의 시론의 일부이다. 사회시는 ① 애군우
국(愛君憂國), ② 상시분속(傷時憤俗), ③ 미자권징(美刺勸
懲)의 뜻이 있어야 한다고 했다. 이 3요소가 결여되면 시가
아니라고 했다. 시인의 지기(志氣)가 여기에 있어야만 치군
택민(致君澤民)할 마음이 생겨나서 사회시를 쓸 수 있다는
논지이다. 이 사회시론(社會詩論)은 낡고 병든 당시 사회를
바로 잡아 구제하여 새로운 조선을 만들려는 우국충정에서
나온 것이다.

다산이 고통받는 백성들의 슬픔과 한을 대변하면서 우국
휼민의 뜨거운 정을 노래한 시정신은, 시로써 시대의 잘못
을 바로 잡으려한 이시광정(以詩匡正)이자, 시로써 시대를
논한 이시논시(以詩論時) 이다.

하늘에 별보다도 만다는 시인들이 시대의 아픔을 외면하
고, 고상한 척하며 꽃과 달을 노래하고 사랑 타령만 한다면
시인의 책무를 버린 것이다.

송미숙 시인도 시로써 시대의 잘못을 바로 잡으려한 이
시광정(以詩匡正)과, 시로써 시대를 논한 이시논시(以詩論
時)한 시조들이 있다. 바로 「한반도」이다.

허리가 부러져도 그 누가 알아주랴
칠십이 되었건만 형제는 외면하고
분단의 아픈 기억을 후벼 파며 놀리네

남북은 철조망이 갈라진 아픔 속에
묵묵히 자리하며 총부리 겨눠대고
서로를 언제까지나 견제하며 지내랴
－「한반도」－

　남북 분단의 슬픔을 "허리가 부러져도", "형제는 외면하고", "총부리를 겨눠대고", "서로를 언제까지나 견제하며 지내랴"라고 분노하였다. 이는 시로써 시대를 논한 이시논시(以詩論時) 이다.

　분단의 땅 한반도! 더러운 평화를 위해 우리가 두 손으로 퍼다가 준 딸라로 핵무기와 미사일을 개발한 북한이다. 북한은 그 핵무기와 미사일로 순식간에 서울을 불바다로 만든다고 호언하고 있고, 시도 때도 없이 미사일 발사 실험을 한다. 그런데도 우리나라 장관 중에는 북한은 주적이 아니라는 이들이 있다. 나라가 나라다우면 이런 일이 없다. 기가 막힌 일이다.

　다산 정약용은 「원목」(原牧)에서, 백성은 목민관을 위해서 있는 것이 아니고, 목민관이 백성을 위해 있는 것(牧, 爲民有也)인데, 백성이 목민관을 위해 존재하는 현실을 개탄했다. 다산은 『목민심서』에서 "청렴은 목민관의 본무(本務)이자 모든 선의 원천이요 모든 덕의 뿌리이다. 청렴하지 않고 목민관을 한다는 것은 있을 수 없다."고 했다.

　송미숙 시인은 대한민국에 청백리가 없다고 「흙탕물」에서 분노하며 청렴이 죽은 현실을 이시논시(以詩論時)하였다.

청렴한 벼슬아치 몇이나 될까 하고
손가락 꼽아 보고 눈 씻고 찾아봐도
만두소 터져 나오듯 빈깍지만 남았네

악취가 득실거려 입가를 막고 지내
어설픈 어깨춤에 눈치만 보고 사니
국민을 교란시키며 흙탕물만 쳐 대네
ㅡ「흙탕물」ㅡ

송미숙 시인은 우리가 살고 있는 대한민국에서 "청렴한 벼슬아치 몇이나 될까 하고/ 손가락 꼽아 보고 눈 씻고 찾아봐도/ 만두소 터져 나오듯 빈깍지만 남았네"라고 격렬하게 이시논시(以詩論時) 하였다. 부패와 간통하여 가슴이 주홍글씨를 주렁주렁 단 잡범과 전과자가 출세하는 현실을 개탄한 것이다. 청렴이 죽은 나라는 희망이 없다는 것이다.

송미숙 시인은 "악취가 득실거려 입가를 막고 지내"고 있다고 했고, 정치인들의 "어설픈 어께춤"이 "국민을 교란시키며 흙탕물만 쳐 대네"고 날을 세웠다. 이는 노블레스 오블리주(Noblesse oblige)가 무너지고 노블레스 말라드(Noblesse malade)가 만연한 대한민국의 현실을 예리하게 풍자한 것이다.

조선왕조가 519년을 존속할 수 있었던 것은 218명의 청백리가 있었기 때문이다. 1392년 개국 이후 선조(재위 1567~1608) 때까지 216년간은 전기(前期)로 청백리는

162명이고, 후기인 1608년 광해군(재위 1608~1623) 이후 1910년 조선이 망할 때까지 303년간에 청백리는 56명이다. 삼정의 문란과 탐관오리가 많았던 조선후기 303년간 청백리가 56명에 불과한 것은 공직사회가 부패했다는 증거이다. 청백리가 적었던 조선후기에 결국 망했다

청백리는 조선왕조의 자존심으로 노블레스 오블리주(Noblesse oblige)를 실천했다. 청백리는 혼자서 되는 것이 아니라 부인과 자식들도 청렴해야 될 수 있다. 청백리도 훌륭하지만 그 가족들도 훌륭하다. 노블레스 말라드(Noblesse malade), 즉 고귀한 신분이 병(病)든 사회에선 희망이 없다.

시인은 남들이 말하지 못하는 것을 말해야 하고. 남들이 행동하지 못하는 것을 행동해야 한다. 송미숙 시인은 시인의 길을 올곧게 가면서 앞으로도 시로써 시대의 잘못을 바로 잡으려고 이시광정(以詩匡正)하고, 시로써 시대를 논한 이시논시(以詩論時)를 하며 뚜벅뚜벅 걸어갈 것으로 믿는다.

맺는말

우리 속담에 "하나를 보면 열을 알 수 있다."가 있다. 이상의 평설은 송미숙 시조집 『달빛 지는 새벽의 숨결』의 일반(一斑)과 일련(一臠)에 불과하다. 그러나 대나무숲을 쏜살같이 지나가는 얼룩 점 하나(一斑)만 보고도 표범(全豹)임을

알 수 있고, 고기 한 점(一臠)만 맛보고도 온 솥 안의 국맛(全鼎之味)을 알 수 있는 것이다.

송미숙 시조집 『달빛 지는 새벽의 숨결』에는 시간의 변화에 대한 아름답고 따뜻한 시선이 있고, 우주와 같은 크고 넓은 사랑과 아픔이 있으며, 물아일체와 황혼의 아름다운 고독이 있고, 분단의 비극과 청렴의 죽음에 대한 분노가 있다.

사랑의 돛을 펼쳐 그리움 배에 싣고 항해한 이 시조집의 향기가 널리 퍼져 많은 독자의 사랑을 받기를 기원한다.

달빛 지는 새벽의 숨결

초판 발행 2025년 10월 30일
지은이 송미숙
펴낸이 김복환
펴낸곳 도서출판 지식나무
등록번호 제301-2014-078호
주소 서울시 중구 수표로12길 24
전화 02-2264-2305(010-6732-6006)
팩스 02-2267-2833
이메일 booksesang@hanmail.net

ISBN 979-11-993878-7-4(03810)
값 12,000원